著

郑小琼的诗

黄河出版传媒集团
阳光出版社

图书在版编目（CIP）数据

郑小琼的诗 / 郑小琼著. -- 银川：阳光出版社，2020.9
（阳光文库. 8090后诗系）
ISBN 978-7-5525-5551-6

Ⅰ. ①郑… Ⅱ. ①郑… Ⅲ. ①诗集－中国－当代 Ⅳ. ①I227

中国版本图书馆CIP数据核字(2020)第184633号

阳光文库 · 8090后诗系

郑小琼的诗

谭五昌 主编
郑小琼 著

责任编辑 杨 皎
封面供图 海 男
装帧设计 晨 皓
责任印制 岳建宁

黄河出版传媒集团 阳光出版社 出版发行

出 版 人 薛文斌
地 址 宁夏银川市北京东路139号出版大厦（750001）
网 址 http://www.ygchbs.com
网上书店 http://shop129132959.taobao.com
电子信箱 yangguangchubanshe@163.com
邮购电话 0951-5014139
经 销 全国新华书店
印刷装订 宁夏凤鸣彩印广告有限公司
印刷委托书号 （宁）0018802

开 本 889 mm × 1194 mm 1/32
印 张 3.5
字 数 150千字
版 次 2020年9月第1版
印 次 2020年12月第1次印刷
书 号 ISBN 978-7-5525-5551-6
定 价 29.80元

编选说明

谭五昌

在中国当代诗歌发展史上，后起诗人群体的流派与文学史命名一直是一个饶有趣味的诗歌现象。自“朦胧诗群体”的流派命名在诗坛获得约定俗成的认可与流布以来，“第三代诗人”、“后朦胧诗群体”、“知识分子诗人”、“民间诗人”、“60后诗人”（也经常被称为“中间代诗人”）、“70后诗人”、“80后诗人”、“90后诗人”等诗歌群体的流派与代际命名，便陆续出现在人们的视野中。如果我们稍微探究一下，不难发现，在这些诗歌流派与代际命名的背后，体现出后起诗人试图摆脱前辈诗人“影响的焦虑”心态，又在更大程度上，体现了他们进入文学史的愿望。这反映出一个极为明显的事实：崛起于每一个历史时期的诗人群体往往会进行代际意义上的自我命名。20世纪80年代中期，以“朦胧诗群体”为假想敌的“第三代诗人”开创了当代诗人群体进行自我代际命名的先河，流风所及，则是 21 世纪初期 70 后诗人、80 后诗人等青年诗人群体自我代际命名的仿效行为。90 后诗人则是在进入 21 世纪诗歌的第二个十年后对于 80 后诗人这一代际命名的合乎逻辑的自然延续。

当下，这种以十年为一个独立时间单位所进行的诗歌群体代际命名现象，在诗坛上引起了激烈的争论与内在分歧。从诗学批评或学理层面来看，这种参照社会学概念，并以十年为一个断代的诗歌代际命名方法的确经不起推敲，因为这种做法的一个明显后果便是对当代诗歌史（文学史）研究与叙述的高度简化、武断与主观化。因而，我们对于当代诗歌群体的代际命名问题，应该持严谨的态度。不过，文学史层面的群体、流派与代际命名问题非常复杂，没有行之有效的科学命名方法，也很难达成共识。这足以说明文学史命名的艰难。更为常见的情况是，一个诗歌流派或诗人代际的命名（无论出自诗人之口还是批评家之口），往往是一种策略性的、权宜之计的命名，从中体现出命名的无奈性。如果遵循这种思路，我们便会发现，60 后诗人、70 后诗人、80 后诗人、90 后诗人这种诗歌代际命名，也存在其某种意义上的合理性。因为就整体而言，他们的诗歌创作传达出了不同的审美文化代际经验。简单说来，60后诗人骨子里对于宏大叙事与历史意识存在潜意识的集体认同，他们传达的是一种整体主义的审美文化经验。70后诗人则以叛逆、激进的写作姿态试图打破意识形态的束缚（最典型的是“下半身写作”现象），他们在历史认同与个体自由之间剧烈挣扎，极端混杂、矛盾的审美经验使得这一代诗人的写作处于某种过渡状态（当然，其中的少数佼佼者很好地实现了自己的文学抱负）。而80后诗人兴起于21世纪初的文化语境之中，他们这一代的写作则是建立在70后诗人扫除历史障碍的基础上，80后诗人的写作立场真正做到了个人化，他们在文本中可以自由展示自己的个性，没有任何历史包袱，能够在语言、形式与经验领域呈现自己的审美个性，给新世纪的中国新诗提供了充满生机的鲜活经验。继之而起的90后诗人继承了80后诗人历史的个人化的核心审美原则，并在语言形式与情感内容层面，表现出理论上更为自由、开放的可能性。

目前，80后诗人、90后诗人是新世纪中国新诗最为新锐的创作力量，而且这两拨诗人在诗学理念与审美风格上存在较多的交集（简单说来，90后诗人与80后诗人相比最为鲜明的一个特点是：90 后诗人的思想观念更为开放与多元，他们的写作受到新媒体的影响要更为深刻一些）。因而，从客观角度而言，80 后诗人、90 后诗人的诗歌写作颇具文学史价值与意义。

因此，阳光出版社推出《阳光文库·8090 后诗系》，体现了阳光出版社超前的文学史眼光与出版魄力，令人无比钦佩，其价值与意义不言而喻。

2020 年 6 月 25 日（端午节）凌晨 写于北京京师园

目 录

第一辑　她＊工厂

第二辑 她 * 庄园

第三辑 她 * 工友

第四辑　她*思考

第五辑　她*情与爱

第一辑 她＊工厂

CHAPTER 1

铁

小小的铁、柔软的铁，风声吹着
雨水打着，铁露出一块生锈的胆怯与羞怯
去年的时光落着……像针孔里滴漏的时光
有多少铁还在夜间，露天仓库，机台上……它们
将要去哪里，又将去哪里？多少铁
在深夜自己询问，有什么在
沙沙地生锈，有谁在夜里
在铁样的生活中认领生活的过去与未来

还有什么是不锈的呢？去年已随一辆货柜车
去了远方，今年还在指间流动着
明天是一块即将到来的铁，等待图纸
机台，订单，而此刻，我又在哪里，又将去哪里
“生活正像炉火在烧亮着，涌动着”
我这外乡人的胆怯正在躯体里生锈
我，一个人，或者一群人

和着手中的铁，那些沉默多年的铁
随时远离的铁，随时回来的铁，
在时间沙沙的流动中，锈着，眺望着
渴望像身边的铁窗户一样在这里扎根

除 了

除了风中的荔枝林，没有别的能安慰我
除了凤凰大道的灯火，照亮我失眠的乡愁
除了银湖公园的鸟鸣，沿着制衣厂下滑的落日
除了这时升起来的宽阔的寂寞与忧伤，啊
——炉火与青春一同软了下去，熄了

我说着的图纸，铁片，流浪的青春
那些有过的幸福在火中燃烧
它照亮了我内心的呓语与失恋

他 们

我记住的这些铁，在时光中生锈的铁
淡红或者暗褐，炉火中的眼泪
我记住的机台边恍惚而疲惫的眼神
他们的目光琐碎而微小，小如渐渐的炉火
他们的阴郁与愁苦，还有一小点，一小点希望
在火光中被照亮，舒展，在白色图纸
或者绘工笔的红线间，靠近着每月薄薄的工资
与一颗日渐疲惫的内心——

我记得他们的脸，浑浊的目光，细微的战栗
他们起茧的手指，简单而粗陋的生活
我低声说：他们是我，我是他们
我们的忧伤、疼痛、希望都是缄默而隐忍的
我们的倾诉、内心、爱情都流泪，
都有着铁一样的沉默与孤苦，或者疼痛

我说着，在广阔的人群中，我们都是一致的

007 有着爱、恨，有着呼吸，有着高贵的心灵

有着坚硬的孤独与怜悯！

机 台

五金厂的机台上停着我数年时光，一百米远的仓库
或者两百米的银湖公园，凤凰大道的路灯照亮数百年的
古老祠堂，荔枝林间，群鸟低低擦过我们的头顶
黄昏低过齿轮间的铁片，我目睹时光正沿着切割机台的
锯齿间流逝，啊，那些光阴，已塌陷，一年、两年、三年
它们在雨后露天场上的铁锈间或者模糊不清的图纸间

我把自己安放在不停运转的机台上
五金厂贫穷的黄昏，我闪着白银样光芒的青春
即将上升的月光与星辰，我在机台上为自己的爱情
开着一扇小小的门，二十一世纪五金厂的女工
她的爱情不需要玫瑰，从绿色开关或者白色合格单上
辨认爱情的色彩，声音与气味，鸟儿从向南的视窗飞过
我的生活朝着向北的方向移动，马车远去，空气流动

五金厂，喘着气的机台上摆放着我五年的生活……它们
在黄麻岭的某一个角落沉默，一直沉寂，无人认领

009 我曾经有过……一次又一次爱，过失，它们去了远方
不再回来，像穿过黄麻岭的河流，它们早已入海

我还站在五金厂的机台前，眺望有过的诺言
爱，青春，它或许会在哪一年，乘着一辆公交车来临
收拾好我留在这里的白天与黄昏，黎明，啊
那时，我将是另一个人，看朋友，渐渐离散
看时光，正沿着凤凰大道返回到泥土之中

歌 唱

在炉火中歌唱的铁，充满着回忆的铁
它的低音或者高音，疼痛而尖锐的生活
它的方言披着春天的炉火与秋天的雨水
这烙红的光泽，让生活慢慢地磨损
熄灭，那个在炉火中坐着的年轻人
唱着歌谣，她看见落日正从炉火间
走进工业区楼群的车流间
在它宽阔的明亮中，有着我的忧伤与眺望
也有着铁绝望的哭泣
我的悲伤在落日中坚定
我的歌声像低声的流水穿过
剩下，一桶白色的希望在火光里晃动着

011 炉 火

在 3000 度的炉火中，我听见钢铁的预言
它说着的快乐与忧伤全都在炉火中燃烧
焰火照亮的爱情让我彻夜难眠，在它的光亮中
我会低声说着，沸腾的炉火，烧尽我的青春
我不想它让时光来剐削，那样的疼痛在镜子里
我说，烧尽这些纸上的诗句，这内心的激情
我，只愿把自己熔进铸铁中
做既不思考也不怀念的铁
抛弃一个流浪者的乡愁、回忆和奔波的宿命
但是那块淬火的铁掉在地上，又被浇上冷水
它们发出细小而悠远的声音
多像我的青春落在异乡的声响

她 们

我不止一次写着她们，背着行李
从车站码头不断地挤向这个叫黄麻岭的村庄
没有人会问起她们来自哪里，又将落宿哪里
她们丢失了姓名、籍贯、年龄，她们在这里
只是一个数字或者流水线上某个工序的名称
她们就这样，在别人的叫唤中磨亮着自己的青春

我不止一次写到她们，北妹、打工者
她们在五金厂的机台、电子厂的拉线
她们的恋爱因为奔波迅速地撤退，剩下
渺小，陈旧的孤独，在倾听，询问

她们的乡愁、疼痛、回忆，让南方的阳光
熔化，她们有过的期待消隐，她们不断
把曾经的梦想拧进现实中，她们无奈中回去，
更多的她们还会因为没有选择而重新来临

零点，雨水

零点雨水沿着失眠的铁皮笼降临，它们像一群
羽毛蓬松的鹭鸟撒下一百台机器的呻吟
零点的雨水不想睡眠，他们在机台边
淅淅沥沥地下着，钉状的、块状的、线形的雨水
贴上了标签，黄色的来自美国，绿色的来自法国
灰色的日本，淡蓝的意大利……交错着，重叠着
与我，一个四川女工，凝望，回忆，零点的雨水
跟我有相同的姓名：漂泊，它们等距离的排列
它们低声说过，图纸，计算机，零件，铁钉，它们沉默
像一个年幼的哑巴，零点的雨水，在手上，腿上
脸上，思念上，睡意上……落下，它们尖如卡钟的嘴
有着铁的肠胃，密密麻麻吞食着爱恋、青春、时间
它们是赤橙黄绿青蓝紫，是一个寻找家的名词，雨水走着
在我的血液间，它们是一个外乡的寄宿者，从深夜梦境
飘过来，我必须伸手接住它，接住它和我的脆弱
呓语、眺望，我们在异乡的深夜，有着同样的潮湿
同样繁花似锦的童年，同样铁黑的静默，零点雨水
我与它深情地对视，交谈，只有我们自己才能听见

十一点，次品

从炉火的次品中来临的十一点，骑着银马
从钟表上走着，它背影与蹄子的声音
是一片切割刀片的锋利，从机台的油污
与嘈杂划过，它们敏感地与每月十号的工资交谈
十一点疲倦的次品碰到我的疼处，十一点的
辛劳不够一次寒冷的罚款，一月六百四十块的
工资，二十九天班，一天十一个小时，
一个小时两块钱，次品：罚款十块
数字此刻是一只张牙的蝎子，它
噬咬掉了你的七点、八点、九点、十点
还有尚未来临的十二点，你的时光原来
如此纷乱的，洁净的、衰弱的……它们此刻
像一块疲倦的铁，躺在罚款的机台，
它柔软的腰身切断，镀上不再属于你的镍
十一点，次品从手指间走过，
3000 度的炉火在你的心中冷了下去

二十一点，位置

这些陈年的铁，给锈让出了位置
这些陈旧的灯，给影子让出了位置
空气给尘土让出了位置，剩下我
一个没有位置的人，写诗
在动词上奔波，在形容词上爱情，名词的
青春落在纸上，成为标点符号
爱情给欲望留出了位置，我们缓慢的生存
弯腰，妥协的漂泊，对爱人、亲人、朋友
充满了愧疚，在异乡，有人游走去了远方
有人在一张工卡上睡眠
叉车在高楼中寻找位置，鲜活的灯照着
流水线的位置，她们来自湖北、湖南、江西
四川，丧失了姓名、性别、年龄
在白色的工卡的数字的位置上生存、恋爱
一些灯亮着，一个世界在消解着
一个人活着，她剩下一小片土地或者
一块墓石的位置

二十二点，爱情

十点的月亮穿上大海的睡裙在生锈的钢铁上走过
它的疼痛是穿过手指的铁屑，剩下这些圆形的
椭圆的、方块的开关操动着线切割机的思念与回忆
它们的沉默沿着干燥的面包屑跟方便面在牙床的针孔上
奔跑，此刻的爱情多像穿过针孔的钢铁，它们无法说出
也无法预定它的命运，它是红色的灯、绿色的线、白色的
图纸，和这些明天不知运往何处的零件。十点钟，它
六十度的角度是从四川到湖南的距离，还是父母从反对到
支援的距离，它们此刻的凌乱胜过车间一百台轰鸣的机器
十点钟距离夜宵的方便面还有两个钟头距离，距离爱情
是两千三百公里，还是从我的夜班到他的白班的思念，
七点相遇，交班的十五分钟，他的言语温暖了三个小时，
或者是一生的快乐与幸福，十点钟的泡沫在平台上停留着
他白天的指纹染上油迹，血肉模糊，他气息的热量渐熄
剩下机台深绿色的铭牌上，他用黑色油污的手写着的
“I love you”字迹也在轰鸣中睡去。她脱下手套
用油污的手再重新写下“我爱你”，想象明天的他
微笑会不会玫瑰一样盛开，取下“made in china”的模板

017

早晨七点，交班

夜班的疲倦沿着没有耐心的阳光滑下一脸睡意的斜坡
一夜的时光像那些错落的钩细小的钉，打包，装进纸箱
机台上涂抹了二十五次的爱情在微笑，阳光正投影
在它辽远的未来，此刻它是一场热病，家书与电话
是庸医。七点的相遇，他目光里的湖，深邃、平静
它投出了轻柔的爱恋，他接过你手套里残余的体温
这是他一天的爱跟思念，他湖南的方言跟你四川的
杂音在七点如此的和谐，像不同质量的发声器。
在机台铭牌上那朵油污的玫瑰里共鸣，爱情只有
十五分钟的交接班，它照亮两扇缓慢开启的百叶窗
在他低头的言语中你找到生活的后花园，这日子
是一首幸福的诗，流出的是他手中油条与豆浆的姓名

九点，拧紧

九点，拧紧

一天让线切割机锯到了九点，剩下的三个小时
投进火炉熔化，九点，红色的时针在车床上轰鸣
黑色的分针是从 3000 度的铁水中
捞上多余的念头，还有秒针——冷却了
成为变形的春天或者身不由己的命运

九点的时光，钟表九十度的方向
向上是辽阔的北方，向南是海洋
向左的诗歌拐过我的爱情与疼痛
留下更重的思念，在内心的机床
空旷的生活，一台多么宽阔的磨床
命运的骨骼里只一根铁钉般大小的铁——
打造不了一段出口美国的次品，
我只好用现实的扳手将生活的螺丝拧紧

019

六点，自白

将这些空壳的塑胶盒装上它需要的零件
仿佛成长的自己，让时间装上阅历
我听到一个空空的录像盒同昨夜的
通宵录像一同挤压着我
无聊的工作让我充满着无聊的想象
比如现在，我麻木的手指上装上
细小的弹弓，然后我便设想
这即将抵达韩国的空盒带
它会灌上安在旭的身影还是张东健的笑容
或者，是正在那里拍电影的黎明
然后我回忆昨夜通宵录像里面的他们
真的，我便是这样度着每一天

有些时候，我也会想起
我手指的气息居然可以遇见美国的史泰龙
碰到日本的阪田隆
甚至装上某段震惊世界的新闻

或者一部战争纪录片让人遗忘的细节

六点了，下班了，什么都别想了

我想我该属于自己了

十七点，车床

独自跌倒的十七点绕过图纸上的铁片
躺在车床上，深入到工业的抒情或者叙事
密集型的方言混合着时代咳嗽的声响

一个时代的疼痛塞上机台，切割，分块
钻孔，在图纸或者异乡展览，它们在
车床孔头上的哭泣，微笑，或者歌唱

我们的叙述，眺望，被裁成长 14.5 厘米
宽 8 厘米的零件，剩下碎了的汗水，
泄露了我们内心欢乐的秘密

时间在机台的脸上，它辽阔、憔悴
十七点黄昏，夕阳投影在机台上
一块巨大的线条柔和的面包

我们疲惫而安宁，在一台日本的机床上

我活着，漂着，像路旁的树木

过着简单朴素而和谐的生活

十四点，25 路车

25 路车载着我的眺望奔跑，从樟木头到石龙
一些繁华像流水一样向后退去
那些光亮中的楼群、工厂、商贩，还有几个
穿戴异常的少女，她们的热情穿过炎热的六月
我不断看时间，想起下午四点的面试，
它停下又奔行，奔行又停下，有多少次
它茫然的等候
有多深的不满我都藏在心中，在异乡
我学会如何让自己变成哑巴
虽然我内心急切，心跳加速
这辆本地的 25 路车不会懂外乡人的着急
一些人上来，一些人下去
一些人站在门口询问
不慌不忙：“8 块钱就上，不上就走……”
车门外两卷沉重的外乡行李在说话
他们茫然的目光，像我
或者窗外天空中那些飞翔的燕子
在这个工业的城市，会栖身于哪里

方 言

卑微而胆怯的方言，低拉着头
从工业区的灯光下走过
从车间的拉在线走过
从商店的琳琅的货物中走过
它们低萎着的身子，小心翼翼地
挤着，像工业区间隙里伸出头颅的
庄稼，它的生长，显得有些不合时宜
它小心地长着，在异乡
它小心地隐藏着，在南方的工服里
但是它总会从吃力的普通话中
探出头，张望了一下
又缩了进去，像做错事似的
只有等到坐上回家的那趟车上
它才可以昂首挺胸地坐着
然后随口吐出：
“回家，真好！”

黄 昏

从荔枝林吹来向晚的风，沙沙的衣衫声
一个散学归来的孩子贴着玻璃飞翔
卖苹果的河南人在黄昏的光线里微笑，五金厂的铁砧声
制衣厂绸质的丝巾闪烁、跳动，像女工光鲜明亮的
青春。她们的美丽点亮了工地男工们忧伤的眺望
我站在窗台上看见风中舞动的树叶，一只滑向
远方的鸟，我体内的潮水涌动。我想
这时候，在远方一定有一个人将与我相爱
他此时也站在远方的楼台，和我一同倾听黄昏

铁 钉

在炉中，它把自己熔铸成一枚铁钉
在墙上安置好它有些孤独与冷清的
下半生，主人在它的身上悬挂着
塑料袋，袋中的青菜、香葱、鸡蛋
油腻的肉块，它在缄默中接近生活
时光在它的身上生锈，光泽的年华
变成枯黄，暗红，它不说话，即使
回忆不断把它带进曾经火热的往昔
本来可成为运转的机台，却不留心
变成了一枚小小的铁钉，像隐形人
站在墙上，目睹生活的庸常，但是
内心真正的庸常，对于生活，它还
不那么绝望，相反，热爱着生活的
平淡，主人间喋喋不休的争吵或者
谈话，它已甘于日常的平静，半截
陷身于墙间，时间一点一点积蓄着
锈一点一点吞噬着，每天，还接受

锃亮的铁器嘲笑，伟大的上苍把它
铸造成一枚铁钉，人生已是失败
现在它被固定在墙上，这更是不幸
但它从不怨恨，它满怀宽恕地接受
命运，它知道生比死更勇敢而平静

色与斑

她们沿着褐色的机台，走在五金厂的灰色间
手持着青葱的青春，白色的图纸贴着
晨光的黄，在晃动
新的一天投影在淡蓝的墙上

有人听见蓝色的哭泣在月色里，一声
哭出了一片枯黄思念的秋色
温暖的阳光照亮了她
宽阔的、静谧的身影

蓄满了银白的铝与镍，缓缓倾注着
红色的合格纸片，暗绿的爱情
瓦蓝天空那么安静
它盛放着一个异乡女子在黄麻岭从零到一的人生

第二辑 她 * 庄园

CHAPTER 2

雨 水

瘦小的心融化柳树与松色，窗外雨声
有人敲门点灯，有人尖叫噩梦，黑夜
陷落成楼梯，谁在登楼，谁在盘旋
雨推开乌云积聚的青天，墙外行人

他在等谁，微雨淋湿心，红烛孤床冷
栀子含泪，蔷薇横卧东风，雨水在外
徘徊，她在庄园听雨，衰老的天空
面目全非，衰竭的云朵步履艰辛

雨水随台阶延伸，浸湿她的耳朵，它运送
雾与繁星，从菊花里取出秋天与熟悉的
脚步，去年在园外站立，雨打新柳，乌啼
旧梦，蝙蝠刺疼檐壁，我在祖宅点灯读书

寒烟小院，疏灯虚窗，祖母们用雨水叙述
她们的声音隔得远，细雨余微寒，我写诗

饮酒、听风，考证红漆家具与雕龙太师椅
往事若星辰，此刻还有谁在等候，雨未停

啊，一切都已变迁，她们消逝窗外的竹林
我在纸上写下旧日的装束，祖父疾病缠身
祖母们平和而亲切，韶华似流水，想想她们
伤心便遍布全身，推门见冷雨、落叶、乌云

花 朵

人生变幻不可预测，有人卜卦有人周易
他在铁树下，等待花开，木头门外腐烂
滴雨屋檐醒来，石阶盛满凉意，新燕迷恋
诗歌与典故，绿水绕过杨柳、纸窗、星宿

我落魄得剩下忧郁与书卷，写花朵般诗句
它们已遍开大地，园中散步，台阶落花多
梢上柳絮少，人生不可闭门，读书、登山
远游，春天一寸一寸生长，舌头一天一天

变软，归鸟投宿横梁，玫瑰盛开庄园
鸟鸣漫过屋顶与星辰，脆弱的心跳幽亮
窗中远岫，庭中乔木，桑葚紫红，时光
集结成黝黑的颜色，去年却清晰而澄明

我守候一株花，看它开，听它落，祖先
已入土为安，衰落庄园剩下落木、月亮

衣冠，池塘忧郁，亲人似荷凋零，三瓣
苦心里有岁月的委婉与平仄，圣洁的根

忧伤的心，枯枝点残灯，幽塘浮萍，祖母
发鬟掩盖爱情，人在花中瘦，灿烂的寂寞
苦涩的春梦，祖母们像春蚕，生活的茧中
自缚，却不能化蝶，从花蕊探寻爱情流水

易逝的花朵与白昼，我在祖宅吃素、念经
从世俗变得透明、清心，花朵开出古典
与遗憾，此时庄园，蔷薇遇月光，世事变沧桑
有人凋落，有人重逢，我在纸上写旧日姓名

月 亮

寒秋园中雁鸣，祖母灯下引线穿针，暮雨
江上归舟，等候远方的游人，墙头落杏花
她把记忆缀满夜空，心托给明月，自己托给
流水，窗外有寒霜、白鹭，她从月光里缴获

清凉、寂静，杯中山水，酒里积雪，明月
坠入嘉陵江，墙角蟋蟀，苍穹里溢出流云
猫头鹰、孤独，它们漂泊、停顿、长驻
江水送到锦缎、士兵、难民，战火淘尽

小镇的安宁，春天送来燕子、老虎、唱戏的
二祖母，一页清风写满水银、光阴、佛经
方寸的庄园，祖母的江山，佃农生活，清凉
且贫穷，她尚未融入庄园的薄暮与深秋，枝叶

翻明月，露珠写书卷，闺房的天空浅显，草木
为她降下深夜，可锦衣夜行，也可绮窗幽梦

捣衣井边，采桑养蚕，它将万物笼罩，不排斥
新爱旧欢、高山流水，落地为霜露，升天

变霓裳，我回祖宅，写祖母们的春秋
明月一寸寸脱落，寂寞茂盛成为
满园秋色，阔叶枯萎，鲜花化果，木鱼敲出
青烟，明月照孤萤，叶落秋池，破旧的庄园

腐树生木耳，明月叩门荒凉，它照耀落木
飞鸟、玫瑰，我用诗歌掌灯祖宅的后院
光阴收割祖母们的草木之心，园中的亲人们
似落叶飘零，明月还在秋天照亮他们的姓名

尘 世

人世微苦，像一枚月亮投入夜空
天空那么大，黑暗那么无边，它那么微小
却是唯一，苦，是清澈的，泛着亮光
我推开绿莹莹的细节，在蝴蝶的翅膀

写下褐黑诗句，寻找庄园纯洁的图谱
拆揭的瓦片残留往事的细节，我在纸上
写下一群人，她们悲哀、清凉，谈论
假山、水井、雕花，玫瑰庄园的阴影

他们在拆，在砸，我从荒凉间寻找
祖母清晰的痛楚，庄稼在春天弯腰
某棵尚未砍伐的树木，它们意识尚清
或许某根枝条还保留往昔景致

推土机在不远处推开雨水、泥土、山坡
一只雀鸟疾行翻飞，它们蜷缩屋檐

窗外的风探寻深埋的面孔，我该怎样表达
破碎的青瓦、黎明，辽阔的尘世，悲愤

有人怀念这倒塌的庄园，城市的树枝
伸出阴影，时间在窗棂上孤立，东风带来
古老信件——明月，散落的光，像汉字涂抹
微苦的尘世，用博爱，也用怜悯，心间还有

薄冰，像失落在庄园的风景，在消融
即将消逝的庄园，尘土埋祖母，于我
只有一种声音，它清素，热烈，汹涌
我遇见的庄园，在瓦砾间，闪光，迷茫

祖 母

清瘦的冬天剩下梅花与酒，夜半清冷
有人踏雪远行，消逝窗棂，有人围住
炉火，抽烟打盹，郊外苍山负雪，院间
枯枝开花，冬天剩下积雪、白菜、浮云

有人送来春日的爱情与燕子，有人带来
冬夜的孤冷与黄金，你将美色封在园中
把燕子寄给远方，剩下落日、忧伤布满
玫瑰花园，从此爱情似流水，随嘉陵江

去了远方，你还在等待什么，起身遇见
明月的碎片与坠落树林的星辰，暗红的
蜀锦蓝色的鸳鸯，窗帘隔开冬夜与佃农
烛灯，用力阻挡破门而入的回忆与黑暗

旧事一件件，让你消瘦、痛苦，日子似雪
一瓣重复另一瓣，坚硬飘逸，灼痛怀爱的心

依恋过的面孔与姓名，已依稀而陌生，你的
悲哀细腻，霏雪掩没往昔，春日淹溺镜中

你把自己安置在心碎的角落，几十年后
我返回祖屋，捡起你碎了的心，它苦涩
孤单，啊，它们仿佛在梦中叩门、行走
叹息、痛苦，在纸上生活，现实主义的雪

将爱情冻伤，你和我，隔着女权主义
与女性主义，我们隔着数十年前的冬雪
地主与佃农，失眠的细节经历你稀薄的
人生，我坐在庄园冥想祖母们的爱情

灭

月光携带天空在月光中穿行，水在流动中
增添花瓣，树木用新叶说春天还会再来
白石雕的色彩很明亮，破旧的荒芜
花草、枯井、薄暮的倦鸟，我返回梦境

夕阳里的庄园在黑暗中沉默，日暮遇见
河流、远山、大地上灰色庄园，暴力的
狂热留在雕栏上陈迹，连雀黑色惊叫
投废墟石头，庄稼汉背耙耧回家

破旧厢房半塌的栏杆，狭小空间只剩
空寂，幽暗存于心，冰冷穿过窗外水杉
月光闪耀，风声里叶与叶的忧伤布满空地
我听风，逝去的祖母留在风中的声音

凝视的暴力变成沉默的空，断裂的横梁
漏雨的中堂，祖先的住宅，黄葛与灯台树

落寞地伫立，月桃与芭蕉失落墙角
碎石与瓦砾间宁静的孤寂，梦境似的气氛

让我怀念，祖母们已化成乱草丛飞萤
低矮身影柔弱的灵魂被半倒围墙囚禁
山间庄园唯存废墟，我站在野草丛
依稀分辨玫瑰、冬青，半山间自生自灭

长尾雉鸡在荒屋里搭巢，松树枝断裂低垂
我转身，惊吓的夜鸟朝远方飞升，它们突兀的
长鸣，我用诗句分享灰暗与沮丧，安静的庄园
泥土、水井、树木、屋舍，小小跫音中伤感

第三辑 她*工友

CHAPTER 3

丁 敏

我们不再是做白日梦的年轻人　现实将你
所有的梦压碎　剩下铁钉　机台　塑胶片充塞
我们的命运　它们不断以次品的方式嘲笑
我们无效的人生　用返工来解构
我们的劳动　现实是机台伸出的机械手
按住我们有过的梦想　理想如此焦渴
像干涸的月亮　照耀油腻的机台
这些年 疾病在你瘦弱的身体扎根　流鼻血
感冒　你像一枚瘦瘦的月亮 有时我担心
你七十多斤的体重能不能支起一枚铁钉
你用羞涩的笑和枯燥的数字证明
从 2004 年到现在　你努力上夜校　电大
或者日语培训　你厌倦漂泊不定的生活
但是我们的生活注定是在尘世中漂泊
我们茫然不安地寻找归宿　却更复茫然
你五岁时丢失的母亲　“母亲去了很远的地方”
时间过去多年　母亲清瘦的背影

成为你对远方的记忆　难以愈合的
伤口　它像扎在身体的针　刺疼了你
母亲停留在五岁的雾中　庞大而模糊
雾茫茫的人生与记忆　“生活像雾气样潮湿”
“却不能在雾中迷失方向”　你向我说起
湖南水乡的雾气　它们积聚了时间的尘垢
病痛折磨着你　疼痛如此明亮
扎进你瘦小的肉体　“一切只能靠自己”
你如此坚定　这么多年　你都努力
忍住　“不让眼泪因为生活掉下来”

亚 芳

多少朋友消失在繁华的工业区　她们的面孔
渐渐模糊而陌生　记忆老去　我们也将
衰老　青春像溪水样流逝　它们不像
桐木岭上的落花会重开　凤凰大道
某个大火烧过的工厂废墟　有我们
过去的时光　灰暗而亲切　像幽灵
闯入我的记忆　她羞涩的微笑
如此遥远　事隔数年 记忆
像一片光亮的钥匙打开过去的门
在薄薄的薪水与麻木的工位　她把自己
藏起　她羞涩的眼神有捉摸不定的自卑
头发遮住脸上那块殷红的胎记　她低着头
在拉长表扬她的瞬间　脸上泛出
兴奋的喜悦……尽管不动声色却让她内心
充满温暖　她的老乡说起她被遗弃的身世
自卑而压抑的生活　她的脚步是轻的
她的声音是轻的　她的微笑也是轻的……

她整个人都是轻的……瘦小而孱弱　好像风
能把她刮走　她坐在我的上个工位
她不跟我谈论故乡　与亲情有关的一切
她沉默而容忍　说话被人抢白　她有
明亮的节俭　惶惑的脸上有陈旧的忧伤
她的离开也是悄无声息　直到有一天
她的老乡告诉我　她失踪了　没有回家
所有人都找不到她　“也不知到哪里去了”
“估计被人拐卖了　那么蠢”她的老乡仍在
嘲笑她　冷漠的交谈中　我想起她的眼神
胆怯　她的孤独与寂寞……
六年后　我遇到曾经的工友
她的老乡　跟我说起她　“去了吉林　那地方很冷
冬天回来过年
脸上手上生满冻疮……”

何 玲

她不习惯乌托邦的集体叙事　也不相信
个体命运灰暗得无所适从　关于生活
她不会有无力之感　她只是不断自责
不够努力　她充满热爱与眺望
没有怨言　高中毕业　略有文化
对现实有着集体或者个人的思考
她也愤怒　却更沉湎于平衡之道
她厌倦故乡黄土样的生活　笨拙
而沉闷　也不习惯故乡的慵懒与肮脏
她觉得乡亲的面孔并非沉郁与厚重
更多的是僵化而潦倒　她不断假设
自己的命运　“如果不出来肯定就是
让老天安排自己的生活　葬于黄土”
她热爱工厂的生活　在幽暗的五金厂　她将自己
打磨成锃亮的铁片　微亮却冷
可照亮她模糊不清的人生　这微光
让她从拉线员工升到主管　对于失败

她不怨天尤人　她更需要
将幻想变成现实　悲观但不绝望
对未来她总用加法　外语与技术
在《方与圆》中寻找通往俗世之道
从伟大的业务员中借鉴人生的格言
她莞尔一笑　为社交提供可以摇摆的
尺度　她更偏向于现实主义
工厂的订单与渠道　她将理想软化
分割成可以触摸的计划　在城市夹缝间
寻找人生的光亮　浑浊的人生
有了色彩　从主管到五金小作坊主
从一台机器到两百多人的工厂
她成为乡村个人成功叙事的标本
乡亲们谈论进城　谈论她的人生
而她自己却偷偷把十年来的日记
压于抽屉底层　里面的眼泪与汗水
都凝结成纸上一块块陈旧的泪斑

肖永碧

大火烧过后的厂房　所有的人已散尽
剩下宿舍旁的树木在春日里独自
描绘往昔　时间还在叙述有过的繁荣
招聘栏上剩下零乱的斑点　废墟上
倒塌的房屋　我曾憎恨或热爱的一切
已过去　空荡荡的球场剩下混浊的
垃圾　凤凰大道的树木已记不起
往昔的面孔　剩下锈迹斑斑的铁门
锁住我曾待过的时光　你消失在
这个城市的灯影中　不知所踪
我还在写这无用的诗句　写
这热泪盈眶的生活　爱或悲伤
当年的繁华如今已落尽　在某个工位
或卡座　那些细小的弹弓或者胶片
装饰着生活　在荒草间摇曳
它像我诗句中分行的空格的人生
我在注塑车间的汗液　那些蓝色或者

白色的抽手　黑色的录像机盒
这么多年　我仍过着那些普通的
黑颜色的盒套样的生活　你是否
依然过着少数精英般的彩色人生　这些年
那些螺丝　塑胶　漂浮在我的命运中
它用实体的或者文字的方式出现
你从湖北来广东　在黄麻岭的
盒带制品厂　有相同的背景
从员工到高层　你的老乡在拉线
谈论你的人生　你成为拉线员工的偶像
我需努力将自己的白色工衣
换成红色或者蓝色的工衣　在工衣的分级中
我仍然是一个没有色彩的普通者
她们还在谈论　这么多年
你从员工到经理的经历　也会谈论
你有些尴尬的年龄　你未婚的身份
就像在这首诗最后　我仍会询问这些

何 丽

有关于她

在我心中仍是个谜

一个来自重庆的女孩

十九岁　到这个城市两年

进了五家工厂　从事过

电子厂流水线工人

玩具厂拉线员工

塑胶厂啤工　五金厂操作工

磁电厂插件工……

每个工作没有超过三个月

在这五个工厂　她递交了五份辞工书

辞工的理由　母亲生病

父亲生病　外婆逝世

奶奶逝世……她的亲人

不断在她的辞工书里逝世

或者生病　其实她的亲人

在重庆活得好好的

她的心底　辞工的理由只有一个

累　她感觉无边的累

在这个城市　这永远构不成

辞工的理由

第四辑 她 * 思考

CHAPTER 4

交 谈

历史被抽空，安置上虚构的情节与片段
我们想要的忏悔被月光收藏，在秋天
平原的村庄没有风景，像历史般冷峻
那么浩繁的真理，哲学，艺术折磨着我
火车正驰过星星点点的镇子与平原
车窗外，凌晨三点与稀疏的星辰
一些人正走在另外一些人的梦中
时间没有动静，它神秘而缄默
在摇晃不定的远方，我想起
那么多被历史磨损的面孔，他们
留下那么一点点的碎片，像在旷野
忽闪着的火花，照亮冰冷的被篡改的历史

喑 哑

我以为流逝的时间会让真相逐渐呈现
历史越积越厚的淤泥让我沮丧　喑哑的
嗓音间有沉默的结晶：灼热的词与句
溶化了政治的积冰　夜行的火车
又怎能追上月亮　从秋风中抽出
绸质的诗句　柔软的艺术饱含着厄运
他们的名字依然是被禁止的冰川
被挤压的词语带着盐的使命
良民被挤得热血汹涌　躯体的愤怒
升起　而我常感到莫名的悲伤
那些不可摧毁的声音中　他们痛切地
触摸到自身　积蓄的　分散的……
它在淤泥的深处成照亮的真相的烛光

白桦树

这些爱像春天的白桦树，夹着铁片似的
风声，我们熟悉的辽阔的暮色点亮
结满了莽撞果实的少年开始成长
从遥远陆地刮向海洋的沉默如此纯洁

多少爱变得锋利而坚硬，它伤害着
许多羞愧的心，整条河流像天堂锃亮
你看到晦暗的星辰在黑暗的深处闪耀
天空高远湖水苍茫，歌声有着多余的伤感

大片水下，白桦树正是她七十年代的回忆
它们站立的姿态挽回多少怀念，手风琴响着
寒冷而冰清的白桦树它不再有雄心与热爱
他们顺从地返回冷火而充满陷阱的大地

白桦树朝着大地伸展，鱼跑过天空
他们的傲慢，朝着黎明弯曲了

白桦树的命运在隐痛中沉默不语
月光打碎了它布满阴影的枝叶

这是黄昏，这是三十年后，她
散步在光秃秃的白桦林，土地很暗
天边很白，她仿佛站在大海的背面
没有一棵白桦树会将她的记忆安放

天 鹅

这么多年，我只爱着它的阴影
虽然我相信还有别的，让我留恋
它们在天空或者湖水让我难以接近
唯余垂落大地的影子给我依偎

远处，开花的原野或者郁葱的树林
镶着金边的浮云或星辰，它模糊地
鸣叫，朝着一颗陌生的心灵亮着
水倾泻着它声音里银子样的反光

树木深深地坠落在十月的湖水间
它的身体映照着一座陌生的新城
闪耀于心间的疼痛靠近我的睡眠
一只天鹅是深夜的湖水中的星辰

我能感受到秋天深入我体内的气候
天鹅在鸣叫，声音像散开的水锈

这么多年，我走得太远
春天安排我与一只天鹅相遇
与一个辽阔的愿望重逢
月光的尖锐已让寂静震裂

这么多年我第一次停下来注视天鹅
它站在湖水间嬉戏，游泳
它没有起飞，也没有躲避
恰像我诗句中习以为常的亲人

飞 鸟

它厌倦了天空，它有着灰色的想法
在躯体内装上银色的金属或者木轮
到远方反对一个村庄的晨光与暮霭
它听不见金属与木头被轧碎的声音
陈年的翅膀驮不动一个村庄的重量

如何看世界的惊喜与欺骗
听诊器纠正不了众口铄金
陈述是痛，在肉体与眼睛
这些肝，这些胆，不再相照
它躁动的思考，凌乱的羽毛
如此的无能，在何时，何地
节气过冬，它还枯竭的思考
灰色的苍穹，让它囚于无能

有人用绳子捆住了长江与黄河
它还漂浮，让孤独伤害自身

事实上它对飞翔的生活满怀着恨
它想返回俗世听鸡的叫，狗的咬
猪的奔跑，它却不能摆脱这翅膀
不能摆脱这死亡，固定季节与气候

深夜火车

风吹黑夜光滑的背脊，那些房屋
树木沿着平原的水域游动
一盏盏灯，一根根明亮的刺
闪烁着，举着村庄的荒冷

铁路两旁的场院，奔跑的榉树林
田野，灯火，垂落平原的星星
绵延着风景，春三月夜里
啊，多么柔美！晃动的月亮

褐色的、灰黄的月亮站在田野那边
一片片遥远的唇吹着水纹样的春夜
它的低吟，美丽而寂静的乡村
伫立在墨黑染成的安静中，眺望

我坐着凝神谛听神秘的寂静
平原灯火渐熄，两旁的往事，虫鸣

庄稼跟随火车一同奔跑，它们隐没于
黑夜生硬的轨道，墨绿的远方

火车停止游动的五分钟小站，深夜三点
十五个蛇皮袋子挤上车厢，他们的吆喝
点亮了村庄，站台举起的手
贴在玻璃窗的脸，汽笛正从平原上滑过

读友人书籍

在阴雨天气里读这些幽暗的诗篇
雨水在窗外不会有奇迹
它们顺着固有的方向堕落　冷在窗台上
凝结　乌云在树林上方摇晃　雨滴打了
诗中的阴影　悲伤与愤怒　喜悦与幸福
都有各自的形状　过敏症的思想
还如同窗下花丛样沉默　阴郁的天气
让这些诗篇更加神秘　它像大雨中
窗外隐秘的来访者　保留着时代的
尖锐　像雨水锲而不舍地敲打着石头
被雨水困在铁匣似的屋内　雨声遮蔽
窗外的鸟鸣与溪流　墙与天花复述着
雨水限定的铭文　这些穿越雨水的诗篇
像友人隐蔽的耳语　温暖着阴冷的铁匣室
这些文字犹如黝黑而狂喜的眼睛　穿过
飘动的窗帘与院外的高墙……寻找着
时代的奇迹……

鹅

沿着去长安的路上不断地叩首
瘦毛驴驮着无骨的八股文远行
信仰金色的蹼沉于水间　它划过
令人沮丧的河流　被静夜与画布
收养　我脑子仿佛有一只白鹅
在解冻的春水浮游　白色羽毛
成为不可思议的象征　它看上去
更像一个隐士　无声地漫谈着
悲伤的语言穿过浑浊的河流
缄默的波纹由远方漂至更远

烙 铁

烙铁通红的躯体照亮大海的黑暗
水底　雨滴在远方战栗　我坚持
从镜中寻找真理　时间与水银的
深涧间　蝴蝶是最后的舞者　它纵身
跃出春天　我们辩论无意义的意义
在沉睡的水银中寻找朴素的认识
和幻影与现实之间的真理　镜子有着
自己的世界观　烙铁用发烫的声音
回答大海潮湿的呼喊　你在镜间
寻找历史的洞穴　它们彼此照亮
却互不相通　它像我对历史的怀疑
所遇到的空　似乎不是空
所碰到的真相　逐渐远离真相本身

马

有人背对树木生长，有人在大地之下
离去，我遇见的亲人，在泥土中
走远，各自散开……爱像一株植物
雨中奔波的庄稼在黑暗中盛开
像一个梦境驶过，日子像一棵
芬芳的树站在中午村庄，风摇动着
马臀，它打着响鼻，它伸出一张
褶皱的脸，在亲人们的余阴里
树木成林，土地肥沃，今夜我说着的
星辰如雨倾倒在地，红马鬃扬起
像一把红色的乐器，玉米在地里
生长，芭蕉沿台阶低语，姑娘们
把手伸进天空，用月光洗手
这些喧响的光，像树枝
生长出枝条，也像花朵
在盛开，像紧绷的马鬃
弹奏着

斧 头

月亮似利斧切开天空，火光溅落的
星辰，树木像大地伸出的绳索
缚住飞鸟的翅膀，黑暗中赶路的
河流，霜粒在光荣中降临
它们似黑夜中的乐器，风中的鸟只
转身过了睡意蒙眬的湖沼，在水的尽头
站立着一群鸟，这陈旧的斧头
褐色的锈斑似她鼻翼上的雀斑，闪亮
跳动，记忆沉入雾间，鸟声与斧头
闪亮在砍伐的树枝上，如果树木活着
如果春天，花朵初放，你在记忆的夜间
生锈的斧头与腐朽的木头，它们像
老友重逢，也似过去难以辨认
直到斧头已遗失，它闪亮的阴影里
树木在呜咽着，它们像雨柱站立
或者像音乐中即将折断的音符

在飞机上

将手插进乌云之间　抓出来自
远处的悲伤　明月当头照亮
树的想法　我转身诵读着身体的
悲悯与黑暗的梦境　飞机滑过
弯曲下垂的星辰　坦克陷落于
多雨的边境　来自罗马的军队
在大海上集结　生活的道具来自
尖耸的欲望　需要用一生
填充　下面是冰冷的城市
与温暖的山河　无论是底层或者
繁华　它们隔我有数千米的距离
风掀起我的悲伤与不安的云层

孤 独

为了避开孤独　她在诗中写着
月亮　花丛　阴影……这些
孤独的事物让孤独更添冷清
星辰靠近悲剧的大海　真理
像明亮的光斑　凝固着
她的生活　生活的触须分担
磨损的信仰　她的孤独伤害
蚌中的珍珠与梦　青涩的烛
穿越幽暗的午夜　月光敲打着
雕花窗棂　孤独的光撕开孤独
小小的裂缝间　秋蛩花丛集结
时间加快崩溃……

傍 晚

鸟只低头啃食着草粒　落日
像长者在天空呢喃　蜘蛛的家
被风刮走　从孤独抽身而出却进入
另外的孤独　每一座山峰都将入睡
浑浊的水流经河床　我无法说出
那是我的爱　黑石头有了漂泊的命运
它们穿过潮湿的林荫地　母爱像春雨样
落着　真理像沙子样透明而坚硬
信仰像酒液清醇　我将与牛羊归家

雨

雨在我身体沙沙落着　像童年时的
梦境　柳树点亮一盏忧伤的青灯
风的皱褶有雨的长发　浸在雨水中的
旧电影在纸上走动　黑白人物是
时间废墟的过客　它把稻草
乡间小道　树杈　叶子都塞进
记忆的体内　惊醒内心的柔软骨头
我听见雨水在身体里走着　它们窃窃私语
我的心比它走得更远　像天空中的鸟只
俯下身在池塘饮着雨水　雨下着
我沉默　记忆的时辰花园　我徒劳
走进去　雨水正拍打翅膀降临
我正穿过湿漉漉的童年……

古 典

马的孤独和骆驼的荒凉　酸枣和涩柿树
绕过了历史　橘子与苹果是战乱后
高贵的兄弟　鸟从字典里翻出雨水
鱼在《诗经》上晒太阳　旧钥匙打开庄稼
空灵的回忆是希腊也是罗马
埃及的游子与唐朝的月光萍水相逢
商朝的霜落在宋朝的鸟翼上　有一朵
叫孤独的野花　从黄河涌上枝头
开出一树寂寞的诗歌　它们有时唤着
李白　有时也叫荷马……

黑

在黑暗中用黑暗安慰着自己
黑暗也成为命运的一部分
用黑涂抹着恐惧而战栗的黑
沾满黑的手与灵魂
黑色的药汁清洗着
尚未沦落的黑
黑与黑交替着它们湿漉漉的身体
黑色的内脏在黑夜中抽泣
黑色的激情像黑煤块点亮
淤黑的疼痛　黑在更黑中
绽开　没有谁安慰着黑夜中的石头
它们残破不堪的黑斑点
像黑马蹄铁布满黑色颗粒
它们摩擦着黑夜的脖颈
黑夜像一匹黑马低下头颅
在它黝黑的响鼻中
黎明正在洗澡

甜

甜厌倦一切
生活犹如戏剧
迁徙　告别　相聚
疲倦爬上黄昏
影子点亮灯盏
看清它阴凉的形状
火焰打开草药的心
落入眼眶的灯
泪水浇灭了它
剥开糖质的生活
甜的泪水和纸的信件
让我有同情与慰藉
潮水缓缓而行
白昼网结树枝
预言花落流水
历史杂树生花
沉默波澜不惊

有哀痛与喜悦

有风暴与晴日

长成庭院芳草

老 虎

老虎回头　它的身体里布满深秋
血管的王者汹涌　后羿的太阳烧尽
一刹那　遇见被秋风吹瘦的月亮
凝固的液体　有冰一样哀伤
过去犬牙交错地蜷伏草丛　树影
似老虎的胆汁　古老的高傲
它半蹲的姿势　阴郁而狂暴
爪下的石头　像旷野颤抖

可 疑

清洗过后的海面保持可疑的纯粹性
它们单一的姿势让我有莫名的恐惧
野兽冲闯过木栅栏的制度　法律
弯曲起尖锐的触须　思想被流放到
遥远的边关　沉默在牢房反省
雨水与呐喊划清界限　单调的海面
船只驶进雾中　信仰的桅杆摇摇欲坠
它将触及的暗礁　风暴　静寂的
心灵　火焰在体内腐烂　树枝枯萎
全部花朵在被清洗过的世界中
用一种色彩一种姿势开放　它们的
单调的花蕾间　依然包裹着多彩的梦

落 日

鸟衔着落日在海面飞翔　岸上的龙舌兰
踱步而行　它艰难挪动的脚步
风从沙粒的嘴唇间说着　它的低语
是涛声　是海的长发　少女的长发
是江山动乱中的幽鸣
是一只小鸟驮着河流跃过蛇的身体
落日锋利　原野开阔

豹 子

花豹子在雪中奔跑
耀眼的光斑　低垂下的群山
战栗　群山露出屈辱的轮廓
被暴力的雪覆盖的草木　岩石　和颗颗
将要萌发的种子（被雪禁锢的胚芽）　它们是
沉默的　风转身在雪中开口说话
云层像灰色的五线谱奏着伤感之乐
花豹子是寒冷中的斑斓
它跃动　像草木在风中晃动
仿佛像大雪中受难的人群
在沉默中绽开或者战栗

南柯之蚁

蚂蚁舒展黑亮的肢节　淡红色的足
有如绯色的黎明　白沙子在它的肢节处
闪耀犹如白昼照亮沉睡者的脸颊
它的肩胛骨与刹车器上荡起夜色
一株墨绿色的槐树移开月光　它只是
南柯一梦　蚁群看着它微笑的脸
虚无的梦被雨水惊醒　雨滴敲打着
被磨损的梦　黑暗中的树叶惊慌地
摇晃着——被蚁窥伺的梦像雨滴
跌落　蚁群在黑暗中蠕动　伸展着
它们黝黑的肢节　它伸手捧住
梦的尸骨与磨损的冥想

旅 途

疲惫有如腔肠动物在身体里蠕动
它绿色的汁液喷溅　日子像沉闷的雨滴
运河运来沉闷的船只与声音　铁路在春寒中
蜿蜒　雨中闪亮的铁轨　张张疲倦的少女面孔
经过无名小站　像一道光照亮苦涩的群山
无名之鸟沿路基散步　它瘦小的翅膀
无法摆脱山的阴影　野苜蓿晃动
它的根向大地深处伸展

小 镇

喉间卡着陡峭而寒冷的冬天　小镇石街上
传来小贩们的嗓音　像白色的药片溶解水中
从阴暗的旅馆辨认石头　它们克制而镇定地
漂浮　暮晚在窗外一闪便折进黑暗间
轻如从台阶上走过的野猫　爱　吞咽着
孤独而悠长的小巷　码头翻阅异乡的船篷
桥在青苔砖上做着飞翔的梦　槐树将翅膀
伸进大地中　河水淹没陈旧的煤灰场
黑夜分娩出灯火　在平原上闪烁
在小镇的命里　我辨认着自己微寒的面孔

悲 痛

悲痛如此长存不灭　它的清贫或者华丽
朝着南方　此刻房子沉睡　梦境漂移
剩下江山在绝望中战栗　它们安睡在
庄稼里　疾病的牛羊安息　河流靠近群山
专横的灵魂静寂　生锈的原野上
海水悲痛的幻象　人群啊　生命
如果仅存绝望的闪耀　太阳也会腐朽

在时间黝黑的背脊上

在时间黝黑的背脊上　那些爱情　帆船　往事
湮没在它静寂的水沫中　月光照耀着
石头上的溪流　鸥鸟正衔着
海洋的裙角啼唱　一些光亮
在大地的皮肤上闪烁　它目睹
多少不幸与疼痛随着潮水隐去……

异乡人
徒劳的眺望在田野中沉睡
风正穿过虚幻的窗　带着植物的酒液

——什么时候　那些孤独会从身体内
跨出来　醒来的忍冬青正春暖花开
我们通过细小的草叶学会热爱　珍惜
以及放弃　生活的反面　幽暗的去处
太多的河流沿着同一个方向走进海洋
太多的细节都留有海洋最初完整的痕迹

他们在陌生的地图上耕耘　播种

收获着灰白　潮湿　可怜的东西

直到死亡时　才解脱异乡人的身份

第五辑 她*情与爱

CHAPTER 5

093

情诗百首（节选）

2

我在窗台看见暮色沿海滩滑下
一张大理石样白皙的脸，那些爱
沿弯曲的海岸线漫延，没有尽头
没有边际，在寒冷的黑暗中生长

亲爱的，我梦见你似一轮清月
在清晨的光线中消逝，那些渐远了
海岸，美丽而沉醉的夜晚，它们躲在
时光的背后，我听见涛声灌满回忆

这是我们在海岸上种下的一双翅膀
在潮湿而肥硕的南方，你是我的节日
你正踏着轻盈的脚步推开我的门
我看见早晨正沿窗口的大海走来

13

清晰的船只归来，蓝色的早晨站满眺望的女人
而你还在千帆之外，我还站在潮声里守候你
一片清澈的黎明间，你的名字是河流
从遥远奔赴另一场遥远，许多美人在你的窗下

凝在空气里的脸，岸上的石柱，你是海
没有被她们看见，也不将被她们发现
你的存在是我的琴弦与舌头，是大地里的
枞树跟白霜，是鸥鸟与郁金香，在我的世界里

你是惊奇，你是美丽的夜晚，月亮，蔚蓝的海
在燃烧着的皮肤里的火焰，在未来的日子里
我将为你歌唱，歌唱这思念带来的寂寞
我将用歌声守候着有你的记忆与黑夜

29

光线如一株藤蔓在时辰上生长
你是水，或者阳光，在它的生命间
你是阴影的墙壁，你坚硬

征服了我，我依靠着你长成了蓊郁

我身体是你的，在八月
在光芒裸露的海边，这些亚热带树木
带着鸟儿的喧哗，这黎明开始颤抖的瞬间
我是你，我此生将在你的躯体里居住

在光明漫流中，我湿润的皮肤闪耀
一只鸟在沉默，它惊愕而疲惫
它像海潮一样站着，在消退的黑夜上
它艰难地绽开，而你却是一个失明者

31
打开黄昏的门，一只觅食的鸟
顺着古老的风俗询问书页，井水，音乐
在海边教堂另一边，有房子
它们是白色，或者蓝色，有鸟

注视着记忆中弯曲的黎明
它们习惯了有些年代的婚礼与心灵

保持平静，或者低头隐语
剩下一些水果样的年华徐徐降落

我已熟悉它们是如何在我的头顶保持
一种高贵的姿势，或者朴素地接受
现实的部分，那些石头或者草木
它们是我迷恋着的小褐马，在秘密中奔跑

46

神奇的心，经过这么多年的飘零
它朝着同一个方向，在暗夜里跳动
它怎么复现往昔的惊喜与胆怯
在你跳动的身体间，它像涨潮的海浪

涌起竖琴般的忧伤，我在世间像狗一样
流浪，从痛苦的悬崖上伸出绿色的枝条
上面结满了你的名字和黄金的光芒
暗影中的心，它的激情闪动奇异的梦

我仍愿独自一人，分担自己影子的孤单

把你的阴影交给大海，交给遥远的地方
交给日月，在这些疲惫的词语间
我把我安放——它将永远流浪在诗句

60

明天是神秘的
在荒漠间居住的破碎的光亮，我只剩下
一双眼睛和一些词语在世界中行走
在这张纸上写你给予我的天堂或地狱

是什么让漂泊的命运变化无常
黄昏在脱落光辉之后成为我的命运
我不知道这些诗篇的结局，它活着
或者被遗忘，也许像雨水一样落进人间

在沼泽地或者雾霭中，它也会感激你
英俊的先生，你的爱打开的这颗心灵
你曾经畅饮过它的清澈与温存，它将活着
跟随这些词语，耀眼的太阳

74

岁月在尽头弯曲成秘密的小径
将我引向你的身体，黑暗的河水逆流
六月的清晨交织着尘世间的阴影与声音
你是我前生的天堂，我从黯淡的人群中

辨出了你的足迹，空气的味道带给我
大海间白色的静寂，太阳匍匐在黄昏间
它多足的悲凉的声音带着一枚魔法的戒指
它的命运，是从沙丘吹向家的风

我把我的身体裸露，绕过冬天
与地狱样的寂寞，我的身体正沿着肩胛骨醒来
它与你相互寻找着，在淡色的海线上
我们重逢的某一天，身体已经空无

84

我曾眺望肉里的安宁，从庭院坡后的星座间
它们清辉与游丝般的命运，在贫穷，这些
散乱的光点带给灵魂的安慰与报应

我受着星辰的恩典，它的传说或者神

如今这些秘密已归于缄默，它们落入水中
质朴的流水带着过往的气息，循环于天地
它们有过贤明或者紫百合的香气，大地内部
昆虫带来宁静而潮湿的气息，长眠于地下的先人

它们神圣的阴影间，阳光如此年轻而光亮
在灰尘与落叶之间，你目睹万物重归原初
这些被朝阳湿润的苗圃，它们朝着未来生长
——我说的，这些爱，朝着未来的爱

90

沉默的黎明，泪水，茉莉，一无所知的
白雪与甜蜜，啊，这些丢失日期与地名的
爱，种植着庄稼，玫瑰与河流
前生似水，亲吻着你的额头与灵魂

我手掌间的横纹与纵纹，命运的秘密
紧握日子的面孔，这一无所有的爱情

原是一场幻觉的疾病，我在别离的记忆
铸造一个等待破碎的梦，一声道别

剪裁出内心的阴影，它们颤动
清晰可闻，尾随我，在一首诗间
邂逅，温情的告别，我还在疼痛
还对日渐黯然的照片投下深情的一瞥

郑小琼

生于1980年，四川南充人。出版诗集《女工记》《玫瑰庄园》《黄麻岭》《郑小琼诗选》《纯种植物》等，作品获得多种文学奖励。部分作品被译成德、英、法、日、韩、俄、西班牙、土耳其、越南、印尼、尼泊尔等语种在国外出版。